POÉSIES

PAR

AUGUSTE JUDLIN

DE LUNÉVILLE,

Agé de 15 Ans,

Elève de l'Ecole professionnelle LORITZ.

———

ANNÉE 1868.

PRÉFACE.

— Allons, petit grimaud, dans une humble préface,
Aux censeurs de l'époque il faut demander grâce.
Quoique tes premiers vers soient rimes, entre nous,
Dont plus d'un Chapelain ne serait point jaloux,
Le public, à l'avance, armé de raillerie,
Est prêt à dénigrer ta Muse trop hardie.
Jusqu'aux moindres défauts que tu n'as pu cacher,
Comment parer les traits qu'on va te décocher?

« — Quel est cet écolier, à coup sûr, va-t-on dire,
» Qui, déjà possédé de la fureur d'écrire,
» Nous offre un parchemin dont la préface en vers
» Révèle, dès le début, les palpables travers? »

— Eh! monsieur le Public, arrêtez, je vous prie;
Pourquoi tant vous débattre et vous mettre en courroux?
Ces vers, que vous frondez, ils ne sont point pour vous !
Je ne suis pas si sot de vouloir qu'on en rie;
Ils sont mets trop grossiers pour vous être servis :
Je les réserve donc à mes meilleurs amis.

ÉPITRE A MES VERS.

Vous êtes, à coup sûr, impertinents, mes vers,
D'oser vous plaindre encor de gémir dans mes fers !
En une heure enfantés par ma veine féconde,
Croyez-vous, sans péril, aller de par le monde ?
Voulez-vous donc aussi, de mes soins dégagés,
Courir, clopin-clopants, et sans ordre rangés ?
Pourquoi vous plaignez-vous que, sans gloire et sans titre,
Je vous laisse moisir dans un vaste pupitre ?
Et que, vous dépouillant d'horribles contre-sens,
Je mets toujours obstacle à vos attraits naissants ?
Ah ! pauvres avortons, échappés à ma plume,
Ecrits dans un dialecte à demi cadencé,
Le fer, ce noir métal qu'on forge sur l'enclume,
Se plaint-il, comme vous, d'être martyrisé ?
Se plaint-il de la dent de l'étau qui l'opprime ?
Du redoutable acier qui le ronge et le lime ?
Pourquoi murmurez-vous de rester enfermés ?
Voulez-vous, du public, justement diffamés,
D'un gîte hospitalier, sautant chez le libraire,
Vous cacher à jamais sous un pied de poussière ?
Oubliez-vous le sort des vers de Chapelain ?
De ceux du grand Perrault, l'auteur du *Saint-Paulin;*
Et de tous leurs pareils qui se disaient poètes ?...
Grand Dieu ! si vous saviez en quel état vous êtes !...,
Ah ! mes vers, croyez-m'en : laissez-moi vous polir ;
A voir trop tôt le jour vous pourriez en pâtir.
Avec soin dégrossis de certains solécismes,
Lentement dépouillés de quelques barbarismes,

Alors, on vous verrait, éclatants de beauté,
Captiver du public le regard enchanté ;
Les uns, doux et coulants et de modeste allure,
Sous de riants tableaux dépeindraient la Nature ;
Ou, sur un ton plaintif, pleurant quelque héros,
Iraient, couverts de deuil, errer sur les tombeaux ;
Les autres, plus pompeux, embouchant la trompette,
Courraient, avec César, de conquête en conquête ;
D'autres, moins désireux de chanter les exploits,
D'un art utile à tous nous prescriraient les lois.
Dormez en paix, mes vers, et changez de langage :
Laissez-moi sur l'étau remettre mon ouvrage,
Le dresser à l'équerre, avec soin le polir...
Eh ! quoi ! vous murmurez, et vous voulez partir !
Je m'en lave les mains... que votre impatience
Vous fasse payer cher votre extrême imprudence !
C'est assez me répandre en discours superflus :
Suivez votre penchant, et si, courant le monde,
Vous vous cassez le nez, que le diable en réponde !
Adieu ! mes vers, adieu ! je ne vous retiens plus !

LE PHILOSOPHE ET LE MARIN

Conte.

Un philosophe, un jour, accostant un marin :
« — Mon ami, lui dit-il, où donc mourut ton père ?
— Il était quartier-maître à bord d'une galère,
Et se noya, dit-on, en voulant prendre un bain.
    Mais ton grand-père, au moins ? dit le premier, pour lors :
— Il pêchait près d'ici quand survint un orage ;
Son bateau chavira malgré tous ses efforts.
— Et tes autres parents ? — Ils ont tous fait naufrage.
— Comment ! tu peux oser, après que tes aïeux
Ont péri dans les flots, te mettre en mer comme eux !
— Monsieur, dit le marin, où donc sont morts les vôtres ?
— Eh ! parbleu ! dans leur lit, aussi bien que les autres.
— Diable ! dit le pêcheur ; mais, s'il en est ainsi,
Ne craignez-vous donc pas de vous y mettre aussi ? »

RÉPONSE D'ÉPAMINONDAS

Fable

Ne jugeons point d'autrui par le rang qu'il occupe;
Souvent, des préjugés, on peut être la dupe.
Par un fait véritable appuyons la Morale.
Un illustre guerrier, — c'est Épaminondas, —
Fut condamné par Thèbe aux emplois les plus bas,
Grâce aux soins odieux d'une honteuse cabale.
Comme il s'en acquittait... qui l'eût fait aujourd'hui?
Ses rivaux triomphants se moquèrent de lui:
« Ce n'est point, leur dit-il, la charge qu'il remplit
Qui fait honneur à l'homme, et c'est l'homme, au contraire,
Qui, selon son mérite et par ce qu'il sait faire,
        L'abaisse ou l'ennoblit. »

L'IGNORANT

Fable.

L'instruction partout nous est d'un grand secours ;
      L'ignorance, au contraire,
Ne nous rapporte rien et nous force à nous taire.
Un ignorant fieffé, — car il en fut toujours, —
Entendit raconter qu'un fameux général
      Allait prendre perruque.
Comme il était bavard, — de tout temps c'est un mal : —
« Où donc est cette ville ? » en personnage instruit
Demanda-t-il tout haut. — « Eh ! parbleu ! sur la nuque, »
Répondit un plaisant avec un fin sourire.
Le fat s'y laissa prendre ; on se moqua de lui.
Combien, à son exemple, à leurs dépens font rire !

LE JOUEUR

Fable.

Un joueur obstiné, qui, pour toute ressource,
Possédait, tout au plus, vingt écus dans sa bourse,
Depuis le point du jour, dans un salon de jeu,
Perdait tout son argent sans sortir de ce lieu.
Un écu lui restait : il le hasarde encor ;
Il saisit le cornet, l'agite et le renverse.
Mais la Fortune aussi, de qui dépend son sort,
Se déclare en faveur de la partie adverse.
Ses traits sont contractés ; que faire, pour le coup ?
Quel parti doit-il prendre ?... il en deviendra fou.
On endure la soif ; on se passe de pain ;
Mais la rage du jeu !... le jeu seul nous occupe :
On trompe son rival quand il vous croit sa dupe.
Là, c'est le vrai plaisir : les autres ne sont rien.
Tout ce riant tableau lui revient à l'instant ;
Il veut encore jouer, mais il n'a plus d'argent !
(Quand on s'est avancé dans le sentier du vice,
On a mis les deux pieds au bord du précipice.)
Tout tourne autour de lui ; le délire le prend :
Il plonge alors la main doucement dans la poche
Du maître du logis, son voisin le plus proche.
Un exempt, déguisé, l'arrête sur-le-champ ;
Notre homme se débat : on le mène en prison.
Retiens ceci, lecteur : Si le jeu nous amuse,
Le jeu nous revient cher, pour peu qu'on en abuse ;
Tout en pipant les dés, on devient un fripon.

L'ATHÉE ET LA TEMPÊTE

Fable.

Porté sur l'Océan par un léger esquif,
Un misérable athée, à nos dogmes rétif,
Bravait Dieu du regard; et, d'un ton d'importance,
Niait impudemment sa suprême existence :
Quand survint tout à coup une horrible tempête.
L'espace est déchiré par des milliers d'éclairs ;
Le tonnerre en furie éclate sur sa tête,
Rugit, roule sa voix, fait frissonner les airs.
L'aquilon, plein de rage, à son tour se déchaîne,
Et la mer, par bouillons, se soulève avec peine.
Entraîné loin des bords par les flots en courroux,
Au trépas disputé par l'Océan jaloux,
Le frêle bâtiment, tournoyant sur les lames,
Tantôt court à l'ouest et tantôt court au nord :
Partout est la tempête, et partout est la mort.
Notre athée, effrayé, laisse échapper les rames,
Soudain tombe à genoux, éclairé de la foi :
« Daigne me ramener sain et sauf au rivage,
» O Dieu juste, dit-il, ou je péris sans toi ! »
Chacun, dans le danger, tient le même langage.
On a beau nier Dieu, l'oublier tous les jours :
Quand la tempête arrive, on y revient toujours.

LES PLAIDEURS

Fable.

Qui s'acharne à plaider, quelle que soit sa cause,
Au dire de chacun, n'y gagne pas grand'chose ;
Graisser la patte au juge, ainsi qu'à l'avocat,
Ne jamais rien gagner et perdre ce qu'on a,
Voilà du plaidoyer la triste conséquence.
    Souvent, ce n'est pas tout ;
Lecteur, retiens-le bien, et prends la patience
    De lire jusqu'au bout :
Deux compères lurons vivaient depuis longtemps
    Dans le même village ;
Jeannot était plaideur, et Colas, à mon sens,
    N'était guère plus sage.
Dans le champ du premier, le baudet de Colas,
Par mégarde passant, commit quelques dégâts ;
Car, s'y vautrant, je crois, il y fit la culbute.
Si ce fut, pour Jeannot, un sujet de dispute,
Je le laisse à penser à qui voudra me lire.
Il courut porter plainte au juge de l'endroit,
Mit tous les avocats et Thémis en émoi.
Colas, plus chicaneur qu'on ne saurait le dire,
En appela vingt fois de son juge à la Cour....
Ils firent tant tous deux, qu'aux pieds de la Chicane,
Jeannot laissa son pré, l'autre perdit son âne.

DERNIER SOUPIR DU GUERRIER

ÉLÉGIE.

L'ennemi s'est enfui vers de lointains rivages ;
Des milliers de corbeaux croassent dans les airs ;
Le fer n'exerce plus ses horribles ravages ;
Tout est silencieux et les champs sont déserts.

J'ai vu, des combattants, la fureur inhumaine,
Et leur sang répandu par torrents dans la plaine ;
Ils n'ont point eu pitié d'un frère infortuné :
Ils n'ont point vu mes pleurs et m'ont abandonné.

J'aimais la gloire, hélas ! c'était mon plus beau rêve ;
Je volai, plein d'ardeur, au milieu des combats ;
Par la poudre enivré je bravais le trépas,
Quand soudain un guerrier m'a frappé de son glaive.

Allons, endormons-nous sur le champ de bataille,
Et, du milieu des morts, tombés sous la mitraille,
Déchiré par le fer, mutilé par le feu,
Jetons à la patrie un éternel adieu !

Salut ! toi que j'aimais, ô mon humble chaumine !
Salut ! riants vallons, et toi, belle colline !
Vous ne me verrez plus, de retour au hameau,
M'asseoir sous votre ombrage au bord d'un clair ruisseau.

Vous que je chérissais, adieu, ma vieille mère !
Ne venez point m'attendre au seuil de la chaumière ;
Je suis bien jeune encore, et cependant je meurs,
Et personne sur moi ne versera des pleurs.

A M. GUSTAVE LAMBERT.

Tu veux, homme intrépide, affronter le trépas,
Et braver la rigueur de ces sombres climats,
Où l'hiver grelottant dans sa rage inhumaine,
Sur un char de glaçons lentement se promène;
Où tant de nobles cœurs, pour prix de leurs travaux,
Dorment ensevelis dans la nuit des tombeaux;
Où le flot, sans mugir, n'en est que plus perfide;
Où le vaisseau perdu, sans pilote et sans guide,
Contre un écueil soudain se heurte avec fracas,
Gémit sous sa mâture et se brise en éclats?

Hardi navigateur, que Dieu te favorise!
Pars suivi de nos vœux pour ta belle entreprise!
D'orgueil, pour un Français, tout cœur français bondit,
Et chaque citoyen hautement t'applaudit.

Que ton étoile au loin te guide et te protége,
A travers les frimas et leur affreux cortége!
Des bords de l'Océan, que les flots apaisés
Te portent sans péril aux rivages glacés!

Surmonte ces dangers qu'on dit insurmontables,
Et franchis ces glaciers longtemps infranchissables.
Sillonnant en tous sens la surface des mers,
Reviens nous révéler ces parages déserts!

Dompte les éléments, affronte la tempête;
Vole au pôle en vainqueur et que rien ne t'arrête!
Qu'un Français, le premier, y plante l'étendard
Que fit planer si haut le moderne César (1)!

(1) Napoléon Ier.

NANCY, IMPRIMERIE DE HINZELIN ET Cⁱᵉ.

www.ingramcontent.com/pod-product-compliance
Lightning Source LLC
Chambersburg PA
CBHW070824160726
PP18578800001B/26